KB156843

바람의 애드리브

The Ad-lib of Wind

박경만 사진 에세이

바람의 애드리브

The Ad-lib of Wind

초판 1쇄 인쇄 2018년 5월 25일
초판 1쇄 발행 2018년 5월 30일

지은이 | 박경만
펴낸이 | 김태화
펴낸곳 | 파라북스
기획편집 | 전지영
디자인 | 김현제

등록번호 | 제313-2004-000003호 등록일자 | 2004년 1월 7일
주소 | 서울특별시 마포구 와우산로29가길 83 (서교동)
전화 | 02) 322-5353 팩스 | 070) 4103-5353

ISBN 979-11-88509-10-2 (03810)

* 이 도서의 국립중앙도서관 출판예정도서목록(CIP)은 서지정보유통지원시스템 홈페이지(http://seoji.nl.go.kr)와 국가자료공동목록시스템(http://www.nl.go.kr/kolisnet)에서 이용하실 수 있습니다. (CIP제어번호 : CIP2018015738)

* 값은 표지 뒷면에 있습니다.

박경만 사진 에세이

바람의 애드리브

The Ad-lib of Wind

파라북스

마흔살 무렵부터 나는 길을 걷는 사람이 되었다. 북한산에서 시작한 산길 걷기는 백두대간 종주, 국립공원 답사로 이어졌고 10년쯤 지나자 전국 방방곡곡에 두루 발자국을 남겼다.
길에서 만난 바람은 때론 연한 나뭇잎을 통해, 때론 눈보라에 실려 내 마음을 두드렸다. 역동적이고 환희에 찬 뭇 생명의 기운이 서서히 내 안에 스며들었다. 그것은 어떤 종교의식보다 신성한 경험이었다. 자연은 나의 멘토이자 스승이 되었다. 고개를 숙여 살펴보니 작은 들꽃이나 풀벌레조차도 모든 것을 자연에 맡기고 온전히 자신의 삶을 누리고 있었다.
인생은 목적지를 향해 떠나는 여정이라고 한다. 내가 누구이고 어디쯤 서 있는지 알기 위해 목말라하던 나는 여행을 통해 어느 정도 답을 찾을 수 있었다.

더 많이 가지려고 골몰하다 생의 절반이 훌쩍 지나버렸다.
특별할 것 없는 소박한 삶이었지만 반환점에 접어들면서 존재와 감각은 납덩이처럼 무거워져만 갔다. 삶의 조건은 원치 않은 방향으로 치달았고 점점 속물이 되어가는 자신이 부끄러워졌다. 작은 일에도 화를 냈고, 언어는 점점 거칠어졌다. 내 안에 구름 한 조각 머물, 바람 한 자락 지나갈 여백조차 없었다. 나는 가치 없는 일에 시간을 낭비하며 삶을 소진하고 있었다.
남은 생을 다르게 살아야겠다는 바람으로 잠시 일을 접고 배낭을 꾸렸다.

현실에서 한 발짝 벗어나자 그동안 남들이 짜놓은 틀에 맞추느라 진짜 내가 원하는 삶이 뭔지 묻지도 않았음을 알게 되었다. 낯선 곳에서 나와 대면하면서 내 안에서 침묵하던 소리들이 술렁거리기 시작했다. 광활한 북미대륙과 히말라야가 숨겨놓은 '은둔의 땅' 네팔 무스탕을 걸으며 삶의 모순들을 비로소 사랑할 수 있게 되었다.
고독한 여행의 파트너가 된 카메라는 여행지에서 만난 사람과 자연을 나의 시선으로 바라보게 하고 생생하게 기록했다. 지난 십여 년간 나는 커다란 디지털카메라를 신체의 일부인 냥 이마에 붙이고 다녔다. 이 책은 카메라가 묘사한 '바람이 전하는 말'의 아주 작은 일부다.

많이 걷고 비웠다고 생각했지만 삶은 여전히 모순덩어리고, 그 해답을 찾기 위해 나는 계속 떠나야만 한다. 나는 대자연 속에서 바람의 흥얼거림을 들으며 날마다 새롭게 태어날 것이다.
첫 사진집이 나오기까지 여러 사람의 도움이 컸다. 사진에 눈을 뜨게 해준 탁기형 선배, 볼품없는 사진과 글을 정성껏 만져준 준성, 은종, 승혁, 종길, 그리고 로쇠님께 특별히 감사드린다.

2018년 5월, 일산 백마마을에서

박경만

차례

2부 바람

3부 사랑

1부

물

물의 기원

Jeju, 2014

바람이 일렁이는 황혼녘

밀물과 썰물이 교차하는 시간

안면도 늙은 바위부부가 나누는 곰삭은 사랑

섬과 섬 사이에서 태어나다.

Anmyeondo, 2011

Dokdo, 2012

애초부터 나는 날개 달린 것들에 매혹당하곤 했다.
무리와 무리의 경계를 빙빙 돌며 어디에도 속하지 못하고
나는 그렇게 밤새 혼자 있었다.

Dokdo, 2012

Dokdo, 2012

Jeju, 2014

Ulleungdo, 2012

멈추는 법을 모르는 바람은 궤적을 알 수 없었고,

쉼없이 흐르는 물소리에 나는 잠을 이루지 못했다.

chujado, 2018

Jeju, 2018

늘 어딘가에 갇혀 있었다.

집단과 관계, 관습과 정보, 소비와 욕망, 시선과 감정에…

섬으로 들어가는 배 위에서 삶의 멀미가 조금씩 잦아드는 걸 느꼈다. 그러나 아무리 외딴섬일지라도 나 자신으로부터 도피할 수는 없다. 섬들도 바람을 견디고 있다. 입도(入島)는 나를 버리고 나를 찾기 위한 입도(入道).

Seoraksan, 2014

유랑의 별자리 아래 태어난 나는
달팽이처럼 배낭을 등에서 떼어낼 수 없는 운명

방황은 노력의 증표인가.
만만해 보였던 세상살이에 지쳐가던 나를 구원한 건 작은 배낭이었다. 정체된 피가 비로소 혈관을 돌기 시작했다. 자아에 갇혀 살던 의식이 기지개를 폈다. 헛된 욕망을 버리니 다른 세계가 보이기 시작했다.

Chujado, 2018

Mustang, Nepal, 2016

시간과 공간을 상실한 채,

척박한 고원을 느리게 걷는 동안

대자연의 위엄 앞에 인간의 변명은 옹색해졌고

나는 돌처럼 더욱 더 말을 잃어갔다.

Mustang, Nepal, 2016

이곳은 고개를 숙이고 무릎으로 걷는 기도의 땅
겸손의 불을 당겨 오만의 초를 태우는 잃어버린 자의 성지.
각자가 감당할 만큼의 짐을 나눠지고
해발 4200m의 희박한 공기 속을 나란히 걷는 가난한 성자들.

Mustang, Nepal, 2016

물을 만나면
나는 두껍게 굳은 얼굴을 잠시 벗고
옹이 지고 외로운 마음을 씻었다.

Georgia, USA, 2009

물,
생명의 자궁이자 무덤

Seomjingang, 2017

니는 물의 호명을 받고 이곳에 흘러들었으나
내가 본 것은 자비와 잔인함, 물의 두 얼굴이었다.

미처 사르지 못한 나무의 혼령이 부유하는
미국 조지아주의 지킬섬(Jekyll Island) 해변.
대서양의 거센 파도가 그들의 몸을 앗아갔지만
영혼까지 빼앗지는 못한 걸까.

Georgia, USA, 2009

Georgia, USA, 2009

Georgia, USA, 2009

물이 부족한 곳에서 생명이 움틀 수 없었고
과도한 곳에선 살아 있는 것들의 무덤이 생겨났다.
바다는 삶과 죽음이 동전의 양면임을 보여준다.

물은 가두려 해도 갇히지 않고

움켜쥘수록 유연하게 빠져 나간다.

Canada, 2009

Inchon, 2013

Inchon, 2013

그저 머물 곳에서 머물고 흘러야 할 곳을 흐를 뿐.
때론 커다랗게 우회하거나 죽은 듯 얼어 있지만
조급해하거나 좌절하지 않는다.

Georgia, USA, 2009

물은 스스로를 정화시키며 변화의 리듬을 가지고 끝없이 움직이고 흐른다. 더 많이 가지려고 애쓰거나 다투지 않지만 늘 충만한, 그녀는 생성과 소멸의 어머니.

Jeju, 2018

Jeju, 2016

여린 수초와 어린 아가미를 품에 어르고

푸른 것들에게 젖을 먹이는 생명의 어머니.

Rocky Mts, Canada, 2009

물처럼 낮게,
물처럼 자유롭게

Jeju, 2018

추위와 더위를 몸뚱이에 나이테로 아로새겨라.

묵묵히 석양을 삼키는 얼어붙은 물결에게

비굴에 대해 묻지 마라.

Inchon, 2013

Florida, USA, 2009

나는 기다란 다리와 부리로 파도와 물고기를 희롱하는 흰 물새가 되어

조르바처럼 겅중겅중 춤을 출 것이다.

Florida, USA, 2009

Florida, USA, 2009

물처럼 살고 싶어 몸을 낮추고 몸피를 줄여

물의 심장에 귀를 기울인다.

낮은 곳으로 더 낮은 곳으로...

Haenam, 2013

마침내
한적한 바닷가 어귀에 이르러
몸을 벗고 날아오르다.

Rocky Mts, Canada, 2009

물,
산에 오르다

Deogyusan, 2008

물소리 새소리 낯선 바람소리 다시 듣고
모자의 정보다 부부의 의리보다
더욱 뜨거운 너의 입김에
나의 고독한 정신을 녹이면서 우마

— 김수영, 〈나비의 무덤〉 중에서

Croatia, 2015

수증기에서 구름으로

구름에서 비로,

가장 늙고 가장 어린 물을 만날 수 있는 곳, 산

Samyeongsan, 2017

Hallasan, 2014

남몰래 삼켰던 굵은 눈물조각이

그 산등성이에 하얗게 얼어 있었네.

Seoraksan, 2013

Seongaksan, 2016

한 존재를 극진히 사모하여

색으로 빛으로 울렁임으로

온 가슴을 내어주는 떨림의 순간

Taebaeksan, 2013

이토록 격렬한 고요와 까무룩한 전율로 잉태된 것.

죠몬 삼나무의 영혼이
이 약하고 가난하고 자아와 욕망만이 비대해진 나를
이 섬에 와서 다시 시작해 보라고 불러 주었던 것이다

왜 너는
지금도 외롭고 슬프냐고
산이 묻는다
그 까닭을 나는 모른다
당신이
나보다도 훨씬 외롭고 슬프고
훨씬 풍요롭게 거기에 계시기 때문이 아닐까 싶지만
그 까닭을 나는 모른다.

– 야마오 산세이, 〈왜〉 중에서

Samyeongsan, 2017

끝없는 탈출만이 나를 살아숨쉬게 했고,
탈출의 끝에는 새로운 시작이 기다리고 있었다.

Jirisan, 2008

Bukhansan, 2013

Jirisan, 2013

그 황홀한 생몰의 자리는 그곳이 어디든
치열한 아름다움을 감당하기 버거웠다.

내가 오롯이 혼자서 더운 해를 받아내는 동안
세계의 끝에서 너는 의자를 옮기며 일몰을 보고 있겠지.

Seoraksan, 2013

인간은 자신에게 알맞은 삶을 찾아야 한다. 그렇지만 일단 그 삶을 찾았을 때는 그것을 거부해야 한다. 왜냐하면 자신에게 알맞은 삶이란 애초부터 없었으니까.

– 장 그르니에, 《지중해의 영감》

Jirisan, 2008

Mudeungsan, 2016

차별이나 등급이 없는 평등의 산

죽음을 이겨낸 부활의 산

빈 마음으로 귀 기울여본다.

Sobaeksan, 2014

작고 낮아서 평화로운 산, 소백(小白).

태백(太白)의 욕망을 내려놓으니

누림이 더욱 커지고 넉넉해진다.

Mustang, Nepal, 2016

Hallasan, 2014

모든 진리를 가지고 나에게 오지 말라.
내가 목말라한다고 바다를 가져오지는 말라.
내가 빛을 찾는다고 하늘을 가져오지는 말라.
다만 하나의 암시, 이슬 몇 방울, 파편 하나를 보여달라.
호수에서 나온 새가 물방울 몇 개 묻혀 나르듯
바람이 소금 알갱이 하나 실어 나르듯.

– 올라브 H.하우게, 〈모든 진리를 가지고 나에게 오지 말라〉

산이 되는 물의 꿈속에서

나는 흰 바람계곡을 하염없이 걷고 있었네.

Seoraksan, 2009

부산하고 어수선함 속에서 건져낸 그리움 한 올.

저 붉은 것을 보면 당신께 번져가는 내 마음인 줄 알아주길…

Phuket, Thailand, 2015

2부

바람

바람이 분다

Himalayas, Nepal, 2016

Busan, 2018

Bukhangang, 2010

간절기엔 골목마다 수상한 냄새가 난다.

익숙한 계절과 낯선 계절이 부대끼며 작은 소란이 인다.

India, 2013

친숙한 도시에서 나는 낯선 이방인이 되어간다.

세상 어디에도 나의 고향은 없다.

New York, USA, 2008

Haenam, 2013

Haenam, 2013

고향을 떠난 열다섯, 그 이후 나는 줄곧 혼자서
길을 걷거나 서성이거나 혹은 길을 찾아 떠나는 사람이었다.
나는 소문 없이 떠도는 과묵한 섬처럼 막막했다.

Gangjin, 2013

걷고 또 걸었다.

주체할 수 없는 마음의 궁기를

걷는 동안은 조금 씻을 수 있었다.

나는 한 곳에 머무르지 못하고
바람의 방향이 바뀔 때마다
깃털을 고르고 비행을 준비하는
철새처럼 정처 없었다.

Haenam, 2013

Deogyusan, 2008

Himalayas, Nepal, 2016

바람이 분다.

살아야겠다.

Byunsan, 2018

그림자나무가 바람에 흔들린다.

나무들이 묵은 각질을 떨궈낸다.

Seoraksan, 2014

살아야겠다.

낯선 곳의 이유 있는 '낯섬'에

나는 안도하고 위로받는다.

Mustang, Nepal, 2016

바람마저
착해지는 땅

Mustang, Nepal, 2016

원시의 시간 속으로 느리게 걸어 들어갔다.
모든 게 느리게 흘러가는 땅.
삶과 죽음의 경계가 흐릿한 신의 영역.
이곳에서는 아이들마저 경계를 초월한 듯하다.

바람이 작은 공항의 깃발에 입맞출 때마다
평안과 자비를 설파하는 부처의 메시지가
바람의 입술에 묻어 세상 끝까지 퍼져나간다.

Nepal, 2016

Mustang, Nepal, 2016

이곳은 이름을 알 수 없는 미지의 세계.

이름이 없는 존재란 호출할 수 없는 존재다.

만일 당신이 그를 만나기 원한다면,

겸손히 그 앞에 나아갈 것.

Nepal, 2016

낯선 땅, 스치는 사람에게서 알 수 없는 끌림이 느껴진다.

강변 오막살이에서 조우한 미지의 소녀는 사막여우 같은 눈을 가졌다.

그녀의 옅은 미소에서 수확의 여신 안나푸르나의 흔적을 보았다.

초원빛깔 피부를 가진 소녀의 낯선 온기에 잠시 발길을 멈춘다.

Nepal, 2016

21세기 문명국가의 소는 식욕의 대상으로만 존재하지만

이 나라 소는 대등한 생명체다.

모든 생명이 당당한 표정을 지녔다.

네팔의 하느님은 바람과 물과 소와 인간을 닮은,

존재하는 모든 것들에 깃든 하느님이다.

Nepal, 2016

가난해도 필요한 것은 모두 갖췄다.

별일 없이 두루 안녕한 곳에서 탐욕이란 단어는 설 자리를 잃는다.

차를 내온 호텔 샹그릴라의 젊은 안주인의 표정에 결핍은 없다.

무욕의 삶이 이어지는 이곳이 어쩌면 지상낙원일지도 모르겠다.

Mustang, Nepal, 2016

Mustang, Nepal, 2016

산다는 것은 각자의 짐을 지고 함께 길을 걷는 일이다. 이마에 띠를 둘러 무거운 짐도 거뜬하게 나르는 히말라야 사람들은 참 튼튼한 목을 가졌다. 이곳은 노동하는 인간의 몸이 비천하지 않고 고귀한 땅이다.

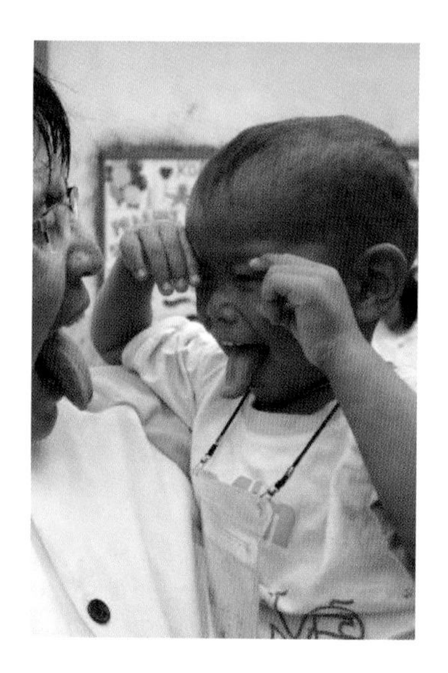

Nepal, 2008

Nepal, 2008

Nepal, 2008

Nepal, 2008

고귀한 땅이 물로 빚어 낳고 바람으로 품어 기른 아이들.

제 아무리 뛰어난 풍경이라도 아이의 웃음만큼 아름다울 수는 없다.

행복이란 이토록 단순한 것이다.

Mustang, Nepal, 2016

Napal, 2008

갈등과 대립이 없는 무위의 세상일 것 같은 이곳에도 변혁을 꿈꾸는 사람들이 있다. 구호가 적힌 담벼락 안에서 아이들은 태어나서 자라고, 외치고, 붓을 들어 글을 적고, 급기야는 담장을 무너뜨릴 것이다. 진보란 자연의 순리다.

길은 오로지
내 몸속에 있고

Grand Canyon, USA, 2009

숨막히는 아찔한 절벽을 만나도,

그 길의 끝이 심연의 바다라 해도

나는 가야 한다.

돌아갈 길을 지우며 왔으니

오로지 나아갈 길만이 남아 있을 뿐…

Gyeryongsan, 2010

막막한 어둠의 벽을 극복하기 위해

나는 눈을 감고 마음의 눈을 뜬다

보이는 것은

보이지 않는 것에서 비롯된 것이기에.

Ulleungdo, 2012

Gangjin, 2013

Ulleungdo, 2012

길은 오로지 내 몸 안에 있으므로

바람의 계곡에서
시간을 잊다

Mustang, Nepal, 2016

그림자마저 나른한 이곳,

나는 궤도를 이탈한 행성처럼 너를 에두른다.

결코 서두르지 말아야 한다.

Mustang, Nepal, 2016

바위를 베개 삼아 잠들었던 천년의 전설이 눈을 뜨는 시간, 이 강은 자본의 질서를 무위로 만들고 인간 본위의 기쁨을 일깨운다. 어디에든 있고 어디에도 없는 나라.

Mustang, Nepal, 2016

사는 건 얼마나 많은 구멍으로 이루어진 어둠일까
그들 사이에 비치지도 않을 빛을 찾아
먼곳에서 돌아오는 끝이 뾰죽한 나무들
더 먼곳에서 돌아오는 외로운 새들의 가벼운 그림자

– 김수영, 〈구절리에서〉 중에서

Mustang, Nepal, 2016

이곳에선 생물이든 무생물이든 대상을 제자리에서 억지로 이동시키려 하지 않는다. 그것은 무례이기 때문이다. 그들은 모든 존재의 제위치를 존중하며 함께 살아간다.

Mustang, Nepal, 2016

길이 오직 통과를 위한 수단으로만 소비되는 곳에서는 속도가 중요하다.
그러나 길을 걸을 때 속도보다 더 중요한 것은 방향이다.
이 길의 끝은 어디일까.
길 자체가 거룩한 성소이자 목적인 이곳에선
속도를 버리고 존재를 얻는다.

Mustang, Nepal, 2016

바람의 독경소리에 시간을 잊는 고원 사막길.

Mustang, Nepal, 2016

당신은 나를 무한케 하셨으니 그것은 당신의 기쁨입니다.
이 연약한 그릇을 당신은 비우고 또 비우시고 끊임없이 이
그릇을 싱싱한 생명으로 채우십니다.

– 타고르, 〈기탄잘리〉

그들의 표정엔
바람자국이 있네

Nepal, 2016

Nepal, 2016

생존자는 아무도 없고 승리의 깃발만 나부끼는 전쟁터에서 돌아와
더 이상 아무 짓도 하지 않으리라.
만일 우리가 우리의 삶을 어디론가 몰고 가는 것에
그토록 열중하지만 않는다면, 그래서 잠시만이라도
아무것도 안 할 수 있다면, 어쩌면 거대한 침묵이
이 슬픔을 사라지게 할지도 모른다.

– 파블로 네루다, 《침묵 속에서》 중에서

Mustang, Nepal, 2016

인간세계는 전쟁과 평화, 희망과 좌절이 끝없이 반복된다. 다툼이 그치지 않는 건 아레스의 유전자를 물려받은 인간의 숙명인가.

Nepal, 2008

Nepal, 2008

이렇게 되어야 한다는 '당위의 나'와 '있는 그대로의 나' 사이에는 항상 괴리감이 존재한다. 깨끗이 쓸어 놓아도 금세 마른 잎으로 덮이고 마는 가을날의 길처럼.

Mustang, Nepal, 2016

Mustang, Nepal, 2016

Nepal, 2008

삶은 지문처럼 불가항력이다.

주어진 시간만큼 나의 무늬를 그리다 가면 되는,

특별할 것 없는 여정이다.

나를 불러내신 이
누구인가

Croatia, 2015

Ulsan, 2017

Rocky Mts, Canada, 2009

Mustang, Nepal, 2016

바람의 지도가 실린 가이드북을 잃어버린 후
물이나 구름이나 나무를 살피는 습관이 생겼다.
바람의 궤적을 찾기 위해.

당신인가? 나를 불러낸 것은...

Canada, 2009

인간의 질문 앞에 침묵하는 당신, 대자연

그 거대한 침묵 앞에서 말을 잃는다.

Hallasan, 2014

Mustang, Nepal, 2016

당신은

무위하고

무욕하고

무심하다

Canada, 2009

나는 바람을 등지고,

잠시 당신께 경배한다

3부

사랑

지금 것도
원래부터 있던 것

本有今有

Hwasun, 2017

여행은 자기 영혼 주위를 도는 것
세계의 끝에 이르러도
결국 눈에 보이는 것은 자기 자신의 모습뿐.
여행하면서 우리가 받아들이는 것은
한계 있는 자기 정신의 욕구에 가장 적합한 것뿐.

– 카잔차키스, 《돌의 정원》

Czech, 2015

Hwaaksan, 2016

가도 가도 본래 자리

닿아도 닿아도 내가 떠났던 바로 그 자리

行行本處

至至發處

– 의상, 《화엄일승법계도》

지켜야 할 이유가 있는가

버려야 할 이유가 있는가

떠나야 할 이유가 있는가

돌아와야 할 이유가 있는가

그것은 얼마나 가치있는 일인가

Soyanggang, 2013

Jujaksan, 2018

푸르스름한 정맥 같은 산맥이 운해를 거느린 채 장엄하게 빛을 발한다.

지금은 하늘과 땅이 서로에게 붉게 물드는 시간.

Samyeongsan, 2017

보고 또 보아도 보고 싶은

가고 또 가도 가고 싶은

이 숨막히는 그리움의 정체는 뭘까.

나는 너에게로 가는 길을 찾아

붉게 물들어간다.

Yeosu, 2013

자연,
존재의 거대한 메타포

Duryunsan, 2013

Soyosan, 2010

몸과 몸이 존재하지 않는 길을 찾아 뻗어 오른다.

처음부터 한 몸이었다는 듯.

Odaesan, 2008

자연은 신전, 그 살아 있는 기둥들에서
이따금 어렴풋한 말들이 새어나오고
사람은 상징의 숲들을 거쳐 거기를 지나가며
숲은 다정한 눈매로 사람을 지켜본다.

– 보들레르, 〈교감(交感)〉 중에서

Mumbai, India, 2013

새와 나무와 바위들이 그대 이름을 부르는데

어느 길로 가면 그대에게 닿을 수 있을까

Bangtaesan, 2016

모순

Hallasan, 2014

알 수 없다는 것, 닿을 수 없다는 것,
할 수 없다는 것, 불가능하다는 것…
우리가 사랑을 통해 깨닫게 되는 것이다.

Soyanggang, 2013

당신의 슬픔을 온전히 헤아릴 수 없다는 것
당신의 깊은 심연에 닿을 수 없다는 것
당신의 심장과 내 심장이 하나가 될 수 없다는 것

Soyanggang, 2013

그러므로 당신과 내가

내내 마주보고 있는 건 불가능하다는 것

Soyanggang, 2013

Imjingang, 2012

당신의 영문 모를 슬픔의 자리를,

내가 헤아릴 수 없는 당신의 심연의 깊이를,

당신의 심장을 펄떡이게 하는 것들이

나의 그것과 다름을 인정하는 것.

Imjingang, 2012

그리하여 우리는 같은 방향을 바라보며 걸을 수 있다.

함께

이제 더 이상 기차가 오지 않는
눈 내리는 간이역
꾸벅꾸벅 졸면서
여행의 기억을 추억한다.
고단하고 외롭고 달콤했던
객지의 낮과 밤
나로 빽빽했던
내 안이 헐거움으로 충만했던 그 시간들.

Chunchon, 2018

사랑의 경험은 '할 수 없다'는 경험에 의해 만들어지며,
'할 수 없다'는 경험은 내가 아닌 다른 사람의 존재를
완전하게 인정하기 위해 지불해야 할 대가이다.

– 알랭 바디우, 〈사랑의 재발명〉 중에서

Canada, 2009

나는 그대가 가장 아름다운 존재로
내 안에 살아 있기를 원합니다.
그러하기에 그대를 보냅니다.

Canada, 2009

Austria, 2015

당신이 더 멀리 날 수 있도록

더 높이 도약할 수 있도록

Czech, 2015

날것 그대로 싱싱하게 살아서 나에게 돌아오기를

그대의 다른 이름은 경이로움.
당신 덕분에 나는 남들과 나를 구분짓는 경계선,
아니 그 경계를 뛰어넘는 신비한 영토를 체험한다.
당신으로 인해 나는 더 넉넉하고 부유한 사람으로 다시 태어난다

Rainer Mt, USA, 2009

Mustang, Nepal, 2016

Mustang, Nepal, 2016

더 천천히 걷고

더 많이 감사한다.

내 여행의 목석지가 되어준 그대

그대는 지구 한 바퀴를 돌아
비로소 발견한 나의 귀환의 주소

당신으로 인해 나는 더 가치있게 떠나고
더 자유롭게 돌아온다.

Jeongdongjin, 2012

머리에서 가슴으로, 그리고
가슴에서 다시 발까지의 여행이 우리의 삶입니다.

– 신영복, 〈가장 먼 여행〉 중에서